句集

三井つう
Mitsui Tsu

紅書房

目次

句集
さくらにとけて

題簽・扉字＝石寒太
大扉＝濵本久雄

そもそものはじめ——句集『さくらにとけて』まで

石 寒太

三井つうさんの句集が出ることになった。喜んでいるのは、本人より実は私の方かもしれない。

とにかく長いつき合いである。書きたいことや思い出は山ほどあるが、二点だけに絞って書いておきたい。

まずひとつは、わが師・加藤楸邨を介しての三人の思い出である。つうさんは、青山学院女子短期大学の卒業生。楸邨がこの大学の教授だったこともあり、「炎環」には青短（あおたん）の卒業生が多い。もと同人だった石原みどりさんを筆頭に、現・同人の丹間美智子、一ノ木文子、野﨑タミ子さんらがいる。その下の若かりしころの卒業生のひとりつうさんと出会ったのは、確か昭和四十七（一九七二）年であるから、ざっと五十年、約半世紀前にもなろうか。ずい分と歳月を経ている。

当時彼女は、大学を卒業したばかり。日本橋の丸善に勤めていた。その時のようすを、つうさんはこんなふうに書いてくれている。

その日、初めて石倉(寒太の本名)さんと会いました。楸邨先生とご一緒でした。仕事の途中、研究室へ先生を訪ねようと決め、ホームに上がると、目の前にお二人が立っていました。お昼で、自由ヶ丘へ出られたというお二人に便乗してしまいました。何を食べに行ったのか、何を話していたのかは忘れてしまいました。ただ食後、甘い物は苦手、と言いながら、クリームソーダを頼み、ストローでクリームをつつきちらしていた石倉さんのことは目に残っています。その時から十年以上が経ってしまっています。

闘ふ楸邨俳諧とごきぶりと　寒太

ごきぶりと、そして何ものかと闘っている先生、その先生を見詰めている石倉さん。二人に流れているものが見えてくるような句です。何と闘っているのか、それぞれに闘っている二人は、闘っているところをみせません。別々に闘いながらも、二人に流れているものが重なっているようにも思えるのです。

その日の何時間かは、年々、私にとって貴重なものとなっていきます。

（無門　通巻三十四号・昭和五十八年四月号）

出会いから約十年後、彼女は俳句をつくりはじめ、「寒雷」やその後の「炎環」に俳句を投句している。私も当初はまだ「炎環」の主宰はしていなくて、俳句同人誌「無門」（のち「MUMON」）の時代であった。その数年あと、私は楸邨夫妻を誘って、ふるさと伊豆の天城に吟行した。確か私が関係していた何回目かの「昭和の森全国俳句大会」の選者をお願いしたのだったかと思う。往き帰りの運転はつうさんにお願いした。ブルーのプレリュード。これを楸邨先生は、すこぶる気に入られた。帰りの車中には「Are you lonesome tonight ?」という曲が流れていた。先生が「この曲は？」と訊ね、首を振り振りで乗り乗りのご機嫌だった顔が、今でも印象に残っている。

楸邨句集『怒濤』の昭和五十八年、七月九日の年譜に、「伊豆半島へ」とあって、「天城」と前書され、

みどりの噴涌そこから蜩一度だけ　　楸邨

の一句が遺されている。湯ヶ島の浄蓮の滝である。

三井つうさんの今度の第一句集『さくらにとけて』の「さくら」の中にも、「天城山中」と前書の句がひとつ。

雨ふくむ雲との境蜆蝶

が認められているから、この日は雨ときどき曇りがちだったのかも。雨催の中の滝の轟音とそこを漂う小さな「蜆蝶」の対比がよく伝わる。私の句集には、このときの句はひとつもない。この旅の思い出は、車の渋滞の苦しさよりも、むしろ楽しい思い出しかない。

さて、その句の四つ前に「職を辞して」という前書があり、

春の靴買ふ平日の昼下がり

という句がある。少し気になって彼女に電話してみると、この前書は楸邨がつけたのだという。句からはそんな前書は想像もできないが、思うに以前の一件が関

係していたのかもしれない。

先の丸善のかえりに、つうさんと私と達谷山房(楸邨居)へ立ち寄り、茶を喫みかわしたことがあった。仕事帰りに彼女を誘い、一服を憩いだ。しばらくして彼女は上司に電話を入れた。詳しく知る由もなかったが、すぐ帰ってこいとのこと。察するになんらかの叱責があったらしい。私は柱の陰に彼女の涙を見てしまった。その翌日、楸邨は丸善(彼女の職場)を訪ねている。細かくは訊いていないが、楸邨はこの一件の責任を感じてしまっていたのかもしれない。つうさんは、その八か月後に会社を辞めてしまっている。

彼女は丸善のあとYWCAに在学し、その後、三菱総合研究所、歯科医院などを経て、天職としての校正の業についた。いま、「炎環」の強力な校正者のひとりとして世話になってしまっているのも、その延長線上からのお願いであった。

集中には、楸邨を詠んだ二句も見える。

智楸院達谷宙遊居士
宙(おほぞら)に遊ぶ影ありからす瓜
楸邨の生まれし五月風まろし

とにかく、つうさんが俳句をはじめたころは、「炎環」以前の超結社同人誌のころで、私も彼女も若かった。ほとんどこのころが青春の一時代で、とてもなつかしい。「炎環」十五周年記念号に、彼女がそのころのようすを綴っている。

まず、「お酒を飲みながらおしゃべりをしているんだよ。来てみない」と誘われたのが、昭和五十六年とそのころを回想している。

はじめは十人いたかどうか。始まりの時間は記憶していないが、お昼ころから夜遅くまで、ほんとうに一升瓶をまわしての句会であった。「この句のどこに感動があるの」「句の中に生が見えているのか」「言葉の美しさではなく実体を」「句の中に思想がなければ」などなど、お酒が入ってはいるものの、厳しい評が飛んでくる。（中略）

やがて「無門」から「炎環」へ。時とともにメンバーの顔は代わっていった。次第に会員は増えていった。川が流れを大きくしつつ海へとそそぎ、水は海へ向かう。目の前に広がる景に漂いつつ、昔のファイルに読み耽っていた。

ゆく河の流れは絶えずして、
しかも、もとの水にあらず
（『方丈記』）

「無門」の出発については、十五号に掲載された石寒太の一文がある。

自由である。結社でもなければ同人会でもない。俳句好きの個性の集まりである。必要とする人は集い、求むるところがなくなれば散る。三三五五寄り、飛花落葉のごとく消ゆる。だから結社のごとく多くの人集めもしない。ただひとにぎりでもいい。個性豊かな者が、己のひかりを放ち合いながら燃焼する。そのひかりある限り……。無門に上下はない。年齢も性別も職業も、ましてやむずかしい規約などない。あるのはひとりひとりの俳句の個性そのもの。

また、「炎環」の創刊三十周年記念号に、当時の無門の仲間の正木ゆう子さんが、文章を寄せてくれた。

「無門」は、門が無いというだけあって、本当に解放的。即ちどこからでも誰でも参加できる雰囲気で、俳句を作らない人も、誰だかわからない友達の友達が紛れ込んでいることもしょっちゅう。そして、そんな人こそ何時のまにか熱心に俳句を始めていたりするのだった。

檜原村や岐阜の鵜飼、一茶の柏原への吟行、そこに集ったゆう子さんの兄・浩一さんや今井聖、筑紫磐井、安土多架志・みみえさん夫妻、豊田秀明、島田牙城、加藤精一、その他のさまざまの人々のこととそのエネルギー集団について書いている。そして「寒太さんを中心に自然に人が集まり、自然にエネルギーが高まってゆく。希有な集団だと思う」と結んでいる。

さて、話がつい横道にそれてしまったが、次にふたつ目、つうさんの家族についてふれてみたい。「炎環」誌のはじめは本当に小さな家内作業からスタートした。編集から会員の手許に届く過程まで、すべてが皆のボランティアの手づくりであった。編集はコスギヤヱさん、名簿管理と会計は古山くみ子(現在の星野)さん、発送などはすべて三井さんの家から。入退会の手続きも家族の皆さんが手伝ってくれた。ヤヱ、くみ子、つうさんやこの家族がいなかったら、今日の「炎環」はなかった。そのことは心より感謝している。特に発送は大変で、三井さんの母上はもちろん妹さんまで加え、家族総出の力に頼っていた。その母上もいまは九十歳後半、お元気に頑張っている。当時はまだ、六十代、「炎環」はそんなご家族にすべて依っていたのである。
今度の『さくらにとけて』をみていくと、母上の句がいくつかある。

車体より花びら飛ばし母を訪ふ
母に似し欠点かぞふ雛の夜
母にある生きる力よ魚は氷に
あたたかき眠りに落つる母の指
うすれゆく母の記憶よ花は葉に
時計草閉ぢゆくときを母と在り

いまはコロナ禍で自粛中だが、母上は外に出ることが大好きで、車に乗せて連れ出してあげる。その母の血を引くつうさんの中に流れているもの……、良くも悪くも彼女はそれを受けて、これまでも今後も生きていかねばならない。次第に童に還っていきつつある母、そんな母に「生きる力」をもらい、母と生き継ぐ彼女の姿が、いきいきとこれらの句に投影されている。
つうさんは、長い俳句人生の中で、なぜ俳句を詠んだらいいのか、どうつくったらいいのか、煩悶しつづけてきた。

「炎環」の前身「無門」のはじめのころ、中学時代の担任だった先生から彼女は俳句には思想や生死が詠み込まれなければならないことを指摘された。それをずっと考えつづけた。やがて、十七音の楽しさは苦しさに変わり、生死とは何か、思想とは何かを問いつづけてきた。そんななかで楸邨のことば「平凡な一庶民がその時代に生きて、俳句の中に、ほんの小さなことでもいい、自分に正直に、その時代に生きて、俳句の中で自分のいってみたいことを生かしていこうと努力をつづけて欲しい」に行き当たった。そんな平凡な結論が、この句集の中には答えとして生きている。これこそが彼女の独自の感性となり顕れている。そんな私好みの句を最後に揚げつつ、この句集をみなさんに自由に読んで欲しい、そう思う。

もの芽吹くはじまりのみな美しき
夕立を額に受けて誕生日
まくなぎを抜けて新たな夢ひらく
蜩や瀧壺の底ゆらめきぬ
怒濤より出でしシリウス怒濤へ入る

なにもかも捨てさりをればそこに春
噴き上がる水の尖りて落ちにけり
土砂降りの金魚流れて花となり
引越すと決めし夜半の冬いちご
来し方の句点読点蕗の薹
さくらさくら花芽ちひさく空つつく
花の風つかみそこねしことばたち
夕立やにほひ立ちたるこの地球
さざなみをさざなみと追ふ春の鯉
春の夜曲がらぬやうに切手貼り
旅立ちの千住の地なり夏の雲
綿虫にやさしき風の高さかな
野水仙怒りひとつを天へ投ぐ
便り書くあとの半日年用意
狐火を見しはうぶすな裏の山

どの句も、気負わない。でも、楸邨のいうとおり、彼女のありのままの生が正直に素直にあらわれている。俳句はこれでいい。いろいろ悩んだ果てのつうさんの、いま、いまとわれがそのまま句になっている。これからも、いつもの彼女自身の生活の句を、つくりつづけて欲しい。それが私の彼女へのエールである。

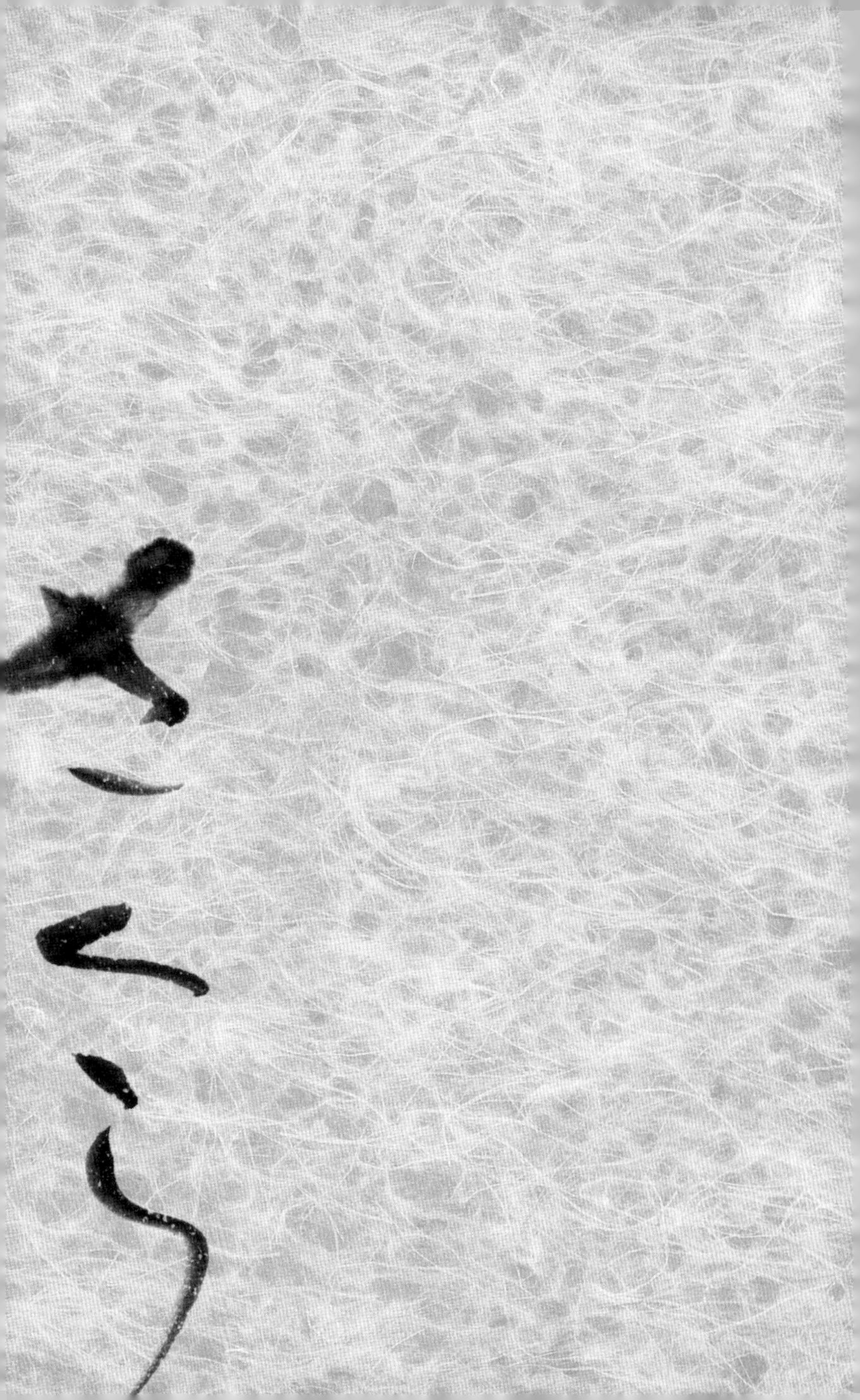

もの芽吹くはじまりのみな美しき

青き踏む弾力膝に溜めおきて

ぶらんこの膝の屈伸空へ伸ばす

春の風いたるところに息ありて

人の輪をはづれし一日鼓草

卒業の手のひとつづつもの言へり

絮すべて飛ばせしたんぽぽ真直ぐなり
ランナーが散る花びらを摑みゆく

職を辞して

春の靴買ふ平日の昼下がり

カーフェリー船底へ花ひとひらと

北斗よりあふるる朧甲板に

天城山中

雨ふくむ雲との境蜆蝶

わかれきて藤の花びら楽譜の上

紫陽花の雨滴ひとつに空ひとつ

固まりしチューブの絵の具桜桃忌

柿の花折鶴に目のあるらしや

顔中で風を受けをり合歓の花

草いきれ上りはじめの月と遇ふ

ががんぼ吹き息の重さの残りけり

風の吹くかたち白花夾竹桃

それぞれの汗持ち寄りて新学期

単線の途中下車駅夏祭り

雲あふる麦藁帽子のひさしより

こまくさのてつぺん斜めの風ばかり

てのひらの空蟬音のあふれをり

渇水のロックフィルダム夕焼けて

立ち昏み蟬の穴のみ拡がれり

夏蝶の粉きらきらと傷あとへ

人消えてバスに夕焼け充満す

虹の円へ入りて足どり軽くなる

何かあらむ何かあるらし辣韮剝く

驟雨来て野良犬に空近づきぬ

勤め終へし鞄花火のまん中に

一日果て重たき皮膚や合歓の花

口もとに五感集めて枇杷すする

寡黙なる父の背泰山木の花

夕立を額に受けて誕生日

まくなぎを抜けて新たな夢ひらく

窓に飛ぶ田圃の矩形曼珠沙華

いつもよりひとつ裏道秋の蝶

蜩や瀧壺の底ゆらめきぬ

犬蓼の花こぼれ落つ古き甕

あけびの実意志もつやうに牛の舌

横道に入りて後ろに秋怒濤

旅先の電話ボックス烏瓜

鏡中の三分の二の空赤蜻蛉

白桃を剝く掌は桃の形して

野分の後雲の迅さに追ひつけず

レコードの空転籠のきりぎりす

帯解きし部屋にあふるる虫の声

あさがほの種撰るいまは充電期
太陽の匂ひを髪に夜なべせり

大の字に寝てどこまでも虫の夜

智楸院達谷宙遊居士

宙（おほぞら）に遊ぶ影ありからす瓜

蕎麦を打つ祖母の時間の始まりをり

そのときの記憶の奥へ冬揚羽

磨崖仏欠けし鼻より凍て始む

雪原の背伸びとどかぬ墓の群

スピーカー真下に冬の薔薇一輪

饒舌なホースの水や冬の虹

子の含むことなき乳房柚子浮きて

怒濤より出でしシリウス怒濤へ入る

尾の長き猫の過りしクリスマス

背中見せサンタクロースは来年へ

雪の朝はじめの一歩の薔薇散らす

目を開けてゐし熱帯魚冬の月

去年今年時計の中の刻動く

氏神へ月浴びて待つ初詣

元日の音沈まりて星の夜

散りきつてしまへば芽吹きを待つ姿

きさらぎの光あふるる旅鞄

梅香る行きも帰りも肩ふれて

桜咲く幹の体温背に添ふ

初蝶や別れはいつも身の外に

車体より花びら飛ばし母を訪ふ

チューリップのてんでんばらばら陽はひとつ

母に似し欠点かぞふ雛の夜

夢に師と会ひてあたたかか髪を梳く

夜の桜聲高らかに透りけり

明けてはや鉄路に花のふぶきあり

八重櫻屋根に登りて手折りけり

向ひ風の入りていつぱい春コート

時計屋に時間あふれてチューリップ

向きあひて春のかたまり鑑眞像

なにもかも捨てさりをればそこに春

見送れば潮の道より初燕

いちごつぶすミルクに紅き渦生るる

十薬のまん中にゐるかくれんぼ

蜥蜴出で右左見て動かざり

尖端は躍りて咲きぬ山法師

遠花火隣りの鍵の掛かる音

噴き上がる水の尖りて落ちにけり

息強く生きむ泰山木の花

片蔭に全身寄せて青を待つ

蟬時雨空の形の変はる街

半円の虹に入りし人とビル

突き抜けて上野の山の海紅豆

サングラスはづして猫と向き合ひぬ

晩夏光雑音多きラジオかな

ためいきは再生の息合歓の花

土砂降りの金魚流れて花となり

花ユッカことばこぼれてしまひけり

この時も流れのどこか走馬燈

螢飛ぶ跡を目で追ふ頸までも

組まれたる夏の名残の膝頭

裏門より柩出で行く蟬時雨

葬列を過る番の赤蜻蛉

月光の骨壺骨の沈む音

朝顔のあしたの蕾月へ伸ぶ

秋の蝶なりしも高く飛べ高く

二人ゐて塔を仰ぎぬ野分中

てのひらに躍るどんぐり駅までは

言はざるも言ふも悔なり秋の風

月の人踊りて櫓のてつぺんに

赤とんぼ流れの中を水平に

蒼天の動き拡がる薄原

蛇穴に音信なきはよしとして

月光の差し入る抽出しみな空っぽ

ひとつぶの雨より午後のしぐれけり

熱の目にまつ平らなり冬の海

祖母白寿を迎へ二日後

冬の星こぼるる村に生れ死す

木枯を携帯電話に聞いてをり

綿虫の身をまかせたる空のあを

蜜柑山風の高さに鳶ゐて

短日やステンドグラスの窓灯り

白鷺を追ふ目いつしか冬野越ゆ

投函の右手残りし冬の雷

雪の香を髪に籠めたる人と会ふ

大久保房男の本

戦前の文士と戦後の文士

「純文学の鬼」といわれた元編集長が語る戦後文壇史。
四六判 上製・函入 二四〇頁 二三〇〇円
978-4-89381-273-5

文士と編集者

文士との火花を散らすような交流を綴る。
四六判 上製・函入 三五二頁 二五〇〇円
978-4-89381-239-1

終戦後文壇見聞記

終戦後の十数年間に著者が自ら見、聞いた文壇や文士たちの真実。
再版 四六判 上製・函入 二九二頁 二五〇〇円 978-4-89381-214-8

文士とは

金も名誉も命さえもかえりみず、野垂れ死に覚悟で文学に励む文士たちのすさまじい姿を、文士的編集者が語る好著。
二刷 四六判 上製・函入 二二四頁 二三〇〇円 978-4-89381-131-8

理想の文壇を

文学の衰退は文壇の俗化にあるとする名編集長が語る、具体的で興味深い文壇批判。
二刷 四六判 上製・函入 三〇〇頁 二四二七円 978-4-89381-069-4

文藝編集者はかく考える

ホンモノだけを追求した名編集長が綴る文章と文士と文壇。
改訂四版 四六判 上製・函入 三七二頁 二五〇〇円 978-4-89381-007-6

海のまつりごと

名編集長が海に生きる人々の社会の中に原日本人の姿を追求した書下ろし小説。藝術選奨文部大臣新人賞受賞作〈平成三年度〉
再版 四六判 上製・函入 三六〇頁 二七一八円 978-4-89381-058-8

尾崎左永子の本

源氏物語随想―歌ごころ千年の旅

五十四帖各帖ごとの筋と読みどころ及び文中和歌の鑑賞を添え、この一冊で源氏物語が丸ごとわかる本。
装画・齋藤カオル 四六判 上製カバー装 二八二頁 二三〇〇円 978-4-89381-2780

古典いろは随想

知ればとってもトクな古典文学ものしり帖。
再版 四六判 上製カバー装 二六四頁 二三〇〇円 978-4-89381-224-7

梁塵秘抄漂游

王朝末期の華麗と無常。平安人の純な喜怒哀楽の姿が歌謡を通して生き生きと綴られる。
三刷 四六判 上製カバー装 二八〇頁 二三一三円 978-4-89381-075-5

歌集 彩紅帖

歌集『さるびあ街』に続く第二歌集
A五判変型 上製・函入 二五二四円 978-4-89381-046-5

梶井重雄の本

万葉の華

A五判 上製カバー装 二六四頁 二八五八円 978-4-89381-237-7

歌集 天耳（てんに）

第六歌集 A五判 上製カバー装 二〇〇頁 二三八一円 978-4-89381-222-3

返照

A五判 上製カバー装 一九二頁 二八五八円 978-4-89381-228-5

複眼の世界――読書と読書会

A五判 上製カバー装 二五六頁 二八五八円 978-4-89381-247-6

歌集 光冠の彩（いろ）

百歳記念 第七歌集 A五判 上製カバー装 一九六頁 二八五八円 978-4-89381-274-2

●品切の本
万葉植物抄

上村占魚の本

句集 自問

第十句集 四六判 上製・函入 二八〇頁 三三九八円 978-4-89381-029-8

句集 放眼

第十一句集 四六判 上製・函入 二六四頁 三三九八円 978-4-89381-078-6

句集 玄妙

遺句集 第十二句集 四六判 上製・函入 二一六頁 二九一二円 978-4-89381-100-4

評論随想集 占魚の世界

四六判 上製カバー装 三〇四頁 二八五八円 978-4-89381-235-3

瓢箪から駒 上村占魚随筆集

四六判変型 上製カバー装 一六八頁 一三八一円 978-4-89381-260-5

●品切の本
高野素十俳句私解
鑑賞 徹底寫生 創意工夫
遊びをせんとや
占魚季語逍遥

どこからも雪は降りけりつかみたし

引越すと決めし夜半の冬いちご

確実に短くなりぬけふ一日

択びたるこの道北風強き筋

綿虫のたゆたひわれの動くさま

柚子湯なか水鉄砲の河馬廻る

大年の空気をまとふ歩みかな

ためらひて門口を出づ除夜の鐘

かめのぞき

息ひとつ吐きて新たな年に入る

楽しみの果てに倒るるときの独楽

来し方の句点読点蕗の薹

一本の芽吹きふくらむ山また山

茅葺の雪解け水の音色かな

臘梅の人に知られず咲くもよし

冬の空二・二六慰霊像の指

一つ星オリオンの囲を離れ春

投げられし言葉は捨てむ辛夷の芽

大空の祈りのかたち鳥帰る

早春の原野切りとる翼かな

指先のドレミファソラシドつくしんぼ

ひらめきて水面にまろき蝌蚪の息

遠富士や温き色して川流る

さくらさくら花芽ちひさく空つつく

煩ふは花咲くまでのこととせむ

ときどきはさくらにとけてバスを待つ

花の風つかみそこねしことばたち

すみれ咲く紫式部の眠る墓所

返事よき母すぐ忘る春の夜

コンドルの檻覗きたる春の風

幸せの種撒くごとし絮を吹く

麦秋や畦行く電動車椅子

初夏や盛り上がりたる海の面

蓮の花気ままに立ちて向きひとつ

行水の流れはじめの水硬し

踏み出して一歩下がりぬ蟻の道

入道雲そろそろ行方を定めんか

いまここで鳴かねば蟬の七日間
一匹の蟻来て道の始まれり

夏の朝草の力で艸を抜く

炎昼のくの字となりし歩みかな

重なりし闇より開く大花火

夕立の一直線に地へ帰る

さいはての夕焼利尻富士残る

はまなすや風車は北の海に立つ

夕立やにほひ立ちたるこの地球

行水の乳房あつけらかんとあり

噴水のあてなき水の戻りけり

炎昼の人みな道に影持てり

螢火や死にゆく日には幸のあれ

終戦の日を語るみな背をまるめ

死せる珊瑚踏む音の人骨めく

約束のことばふはふは秋の蝶

明日までは花野かきわけ歩むべし

秋のカフェ横を向きたる顔ばかり

ぎんなん落つ東京タワーの脚四つ

小面の月の底より消えゆけり

蟷螂の機械仕掛けの動きかな

生くるとはなだむることか秋怒濤

冷まじや怒濤の摑む崖の壁

紅葉の山に映りし山の影

湯けむりの漂ふ方へ霧降り来

満月に一日ありてけふを満つ

木枯やペンキ付きたる山羊の角

冬ざれの公園猫の耳凛と

大空をひとつ灯して木守柿

冬夕日ひかりの帯を解きて果つ

シリウスや地下を流るる水の音

この宙を生きし場所あり寒昴

冬の噴水還りくるもののなし

白菜も積まれテントの陶器市

枯色の街をすべりし夕日かな

短夜の風のかたまり髪を梳く

てのひらに夜寒の鼓動入れてをり

鎌上げし蟷螂の眼の枯葉色

冬の空高し「なあんださうなんだ」

冬の夜数へつづけし句読点

記憶なきその日の記憶冬の朝

人の死をいくつとどむや日記買ふ

かの時にかの人をりし木守柿

大年の櫻は春の光溜め

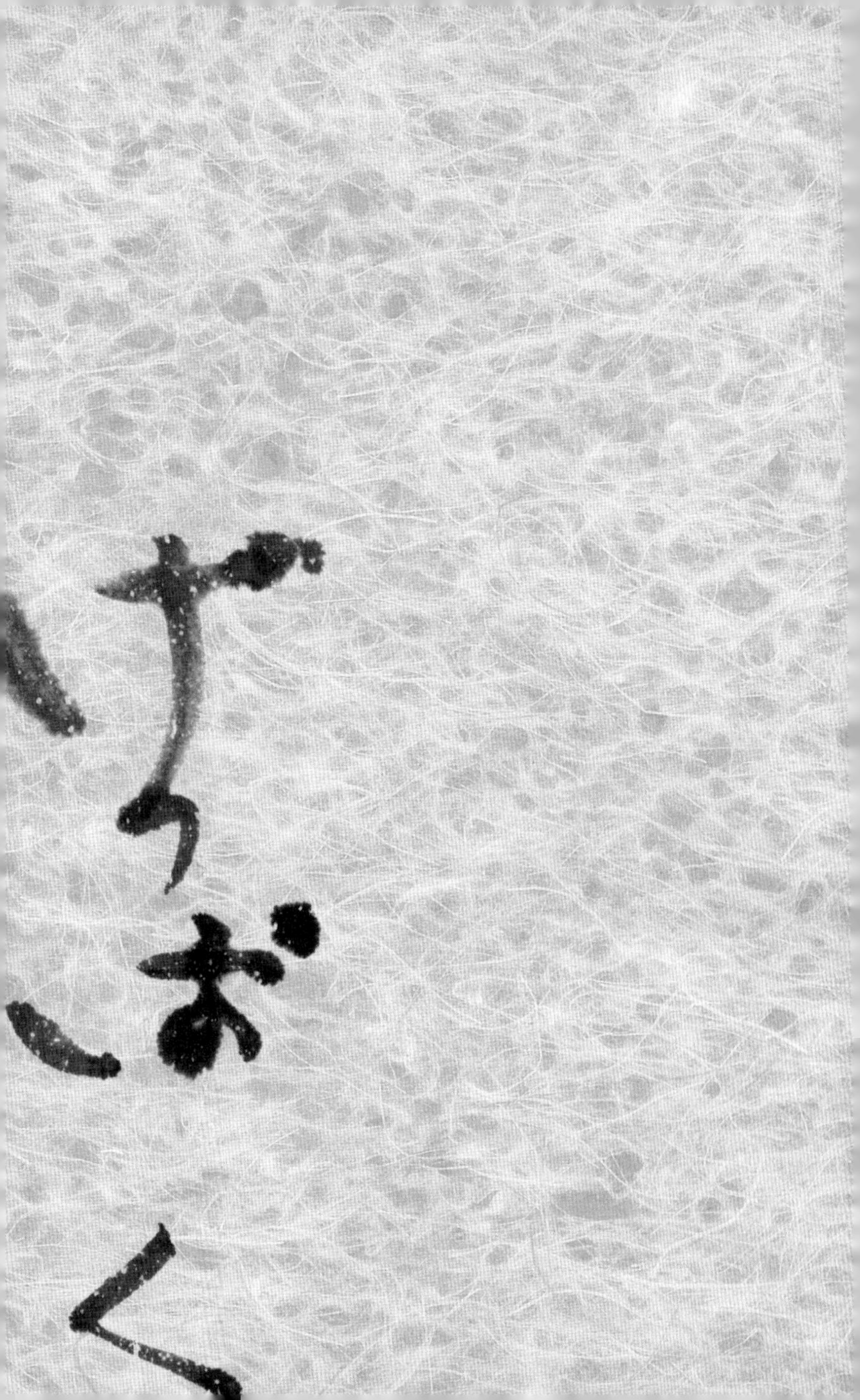

闘ひは終はりなきもの初日の出

もの言ふ目もの言はぬ口福笑ひ

口中の大地の香り七草粥

一人なる怖さ楽しさ福寿草

手を放れ高くたかくと奴凧
春の雪重たく積もり軽く消ゆ

啓蟄や日ごと生きとし生けるもの

空と地の分かるるところ鳥帰る

啓蟄や町中水の匂ひ立つ

穴穿つやうにふらここ空へ漕ぐ

春の月母はちよこんとそこにをり

暁の列車は春の音で過ぐ

啓蟄や湧き立つものは土の中

朧夜の鏡に映りし壺はるか

この生もよき生なりき櫻かな

手のひらに春の闇乗せ阿修羅像

きのふけふはざまにひらく櫻かな

花びらのゆきつもどりつ地に還る

ポケットより春のメロディー金平糖

春の街後ろ姿のわれと逢ふ

鳶の空山の斜面は藤ばかり

文知摺へ面影出でよ黒揚羽

醫王寺の畳沈むや遠郭公

うぶげありまろくあかみの枇杷のよし

やはらかき力を脚にあめんばう

瀧しぶき浴びし一身発光す

父逝きし日の蟬の聲われを搏つ

葉櫻の太きこの幹母在す

雨蛙傘をまはしてゐる子かな

尾の見えて目の合ふ前に蜥蜴消ゆ

夕立やきのふのことは忘れたり

話す人聴く人蠅は壇上を

手のひらの拳となりし入道雲

蚯蚓出づ蚯蚓とともに驚きぬ

餘部の夏風分かつ鉄の橋

いま立ちし所が真ん中雲の峰

瀧壺へ音のかけらを集め落つ

自画像の視線まっすぐ夏館

花ざくろつぎつぎつなぐ園児の手

人乗りて沈むタクシー夕薄暑

夏うぐひすこの香この風隠岐なりき

生れたれば天へ翔ちたし螢の火

秋の海砂丘の上を砂走る

高々と北回帰線を越ゆる月

土葬なる墓は門持つ秋の風

盂蘭盆会帯胸高に固く締め

忘れたる時計と時間昼の月

来し方へ攫はれてゆく芒原

長き夜の少し傾く掛時計

秋の空高すぎて何も浮かばず

浄土平此岸彼岸も霧の中

登高や下りの空の広かりし

目瞑れば音の裏側芒原

空までをこの手にせんと案山子立つ

大空をてんでん気ままねこじゃらし

ねこじゃらしエレベーターの鍵穴に

蓮の実のうれしきことの飛びし跡

からすうり咲く月光を編み残し

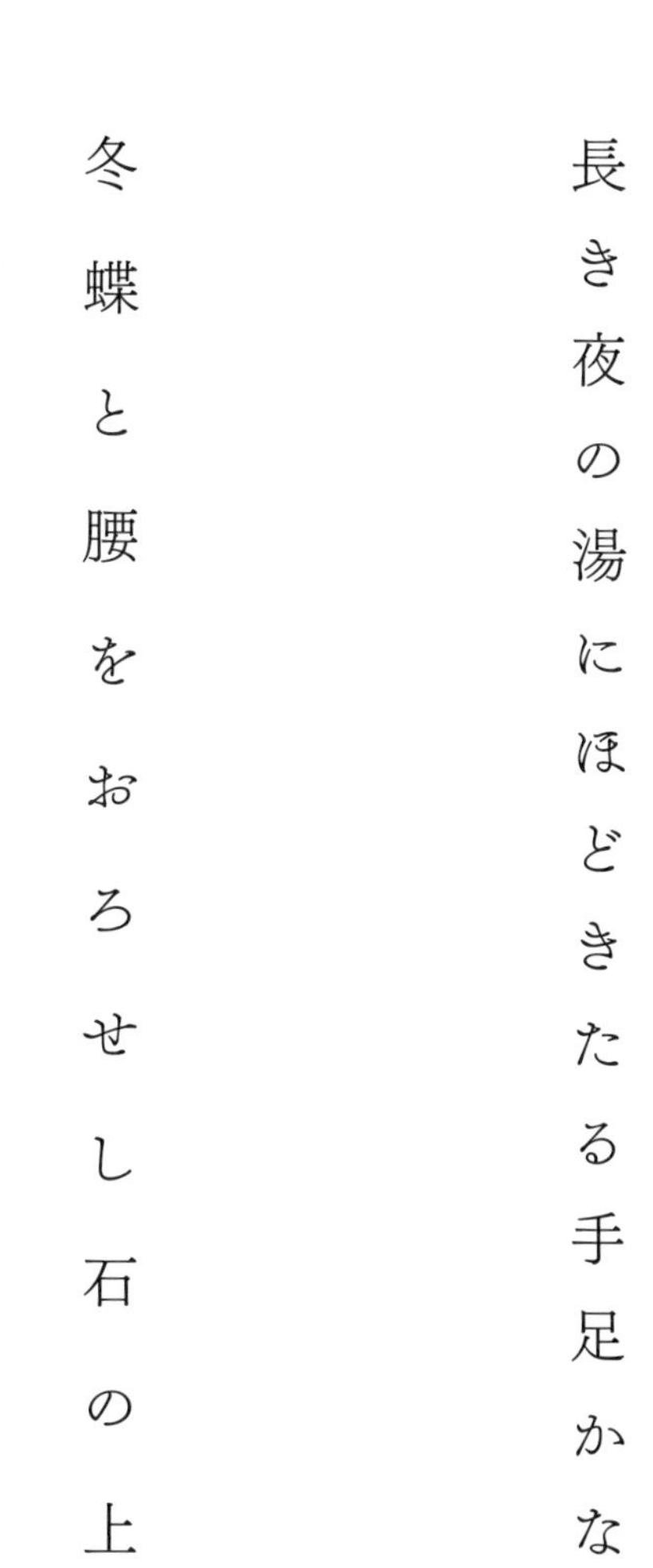

長き夜の湯にほどきたる手足かな

冬蝶と腰をおろせし石の上

見続けしもの見失ふ冬西日

ひなもまた首は白鳥たをやかに

冬満月闘ひの内に外に

寝るときはいつもうつぶせ寒波来る

目の位置に夕日ありけり冬の山

熱海

花火果てて月の出を待つ冬の海

寒鴉風を抱へて降り立ちぬ

寒卵茹でしは顔を描きおく

マスクしてサル目ヒト科霊長類

こぼるるさざんくわ固まりたる椿

くしやくしやの猫ぺしやんこの日向ぼこ

地へ還る色となりけり枯蟷螂

曲がりつつ稜線たどれば雪の富士

さくさくと足跡となる霜柱

大年や人送りける空の色

枕より羽根の飛び立つクリスマス

初あられ潮の匂ひの神田川

一月の光太陽の低く出づ

雪に転び坐つてゐたる雪の上

シリウスや永遠のものなく永遠つづく

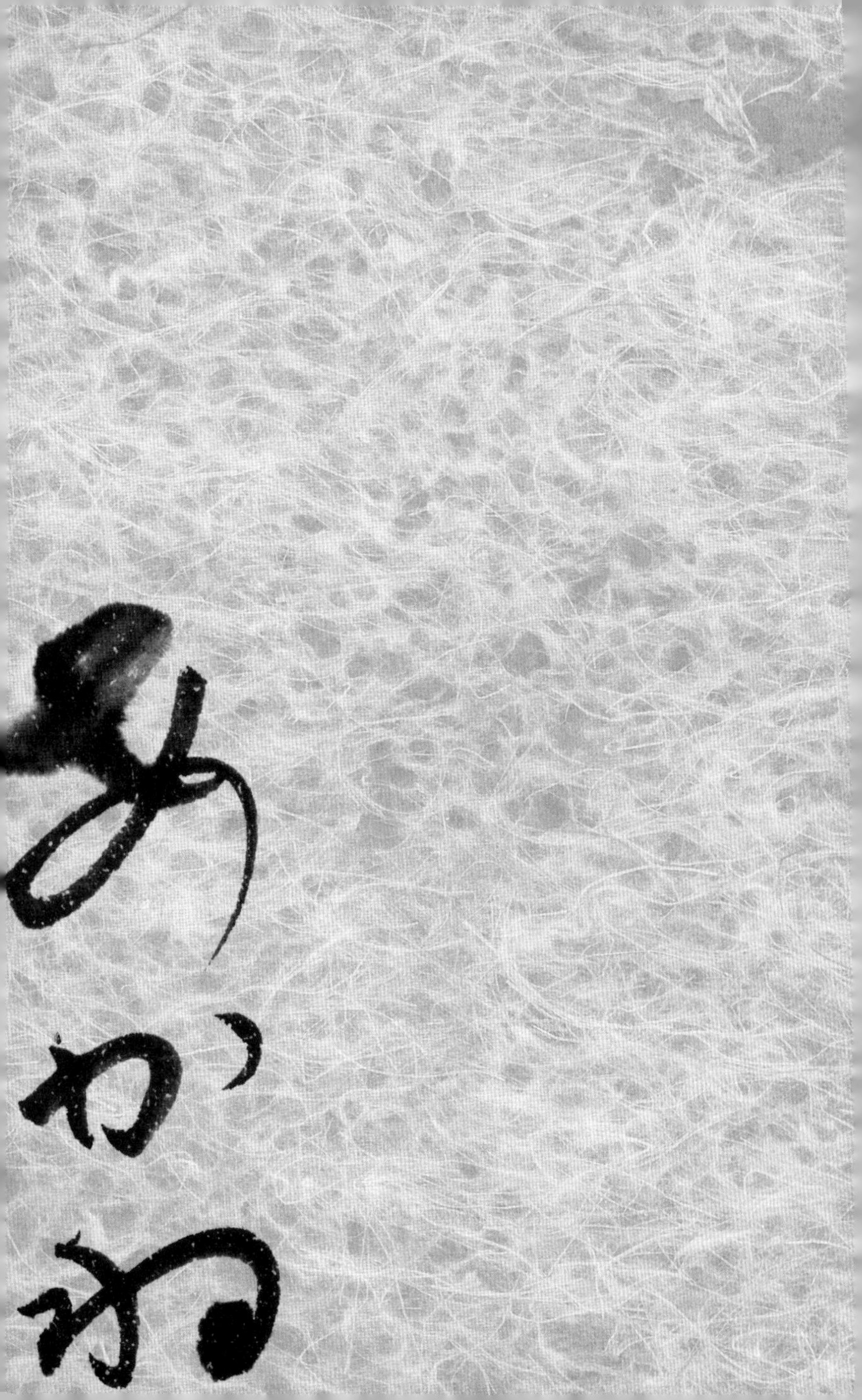

釣り上げし魚の真赤や夢初め

戦死なる骨なき墓や薄氷

母にある生きる力よ魚は氷に

満開のひかりを溜めし梅一樹

春一番めくれて空の蒼きこと

信濃路や眠れる山と笑ふ山

芹包む旅をいざなふちらしもて

掌にぬくしなかなか開かぬ椀の蓋

夜の雨を宿す白梅紅ほのか

春の雲乗せ流れたきにはたづみ

さざなみをさざなみと追ふ春の鯉

春愁のあを空どこまでも飛べさう

朧夜の顔のまん中鼻ひとつ

落葉松の音のかたまり春の蝉

あたたかき眠りに落つる母の指

春の夜曲がらぬやうに切手貼り

春昼の口を開きし天使像

春雷や大団円のミステリー

啓蟄や記憶の底の深くなり

うすれゆく母の記憶よ花は葉に

時計草閉ぢゆくときを母と在り

輪になつてリズムをとつて額の花

薫風へ薬包紙の鶴翔たしめよ

楸邨の生まれし五月風まろし

葉櫻やバス来る方へ顔ひとつ

てのひらのいつも内向き朴の花

旅立ち深川三句

芭蕉の道肩へこぼるる木香薔薇

旅立ちの千住の地なり夏の雲

葉櫻や鷗あひきて呼びかはす

大いなる虚(うろ)に鳥ゐて緑雨かな

梅雨の窓しづくひとつに音ひとつ

一里塚風より生るる夏の蝶

ガチャポンの怪獣ころがる薄暑かな

短夜の数冊上下揃へ置く

夏休み浮きくる五右衛門風呂の蓋

アマリリス負けず嫌ひの双子かな

水を切る石の迅さや遠郭公

したたりの一滴山をつつみけり

汗流す水に一本かたきもの

胸いだく蟬の死ひとつ蟬しぐれ

特攻の形見の帽子かぶりて汗

父の忌の碁石洗ふや蟬時雨

おじぎさう黙さわさわと軽くなる

湖の弧に残るくれなゐ月見草

からす瓜一夜限りの花編めり

八月やどれも俯くロダンの像

置けば刃の上向く包丁月光下

洗ひたる碁石をひろぐ秋うらら

蒼空をこぼれまさをな栗の毬

ヘリコプター事件現場の金木犀

語るべきこと持たざりき秋の風
らふそくの闇をのぞけば月のあり

夢悪しき朝のむくげ真白なり

実柘榴や待合室の黙の揺れ

冷まじや声出づる口黙す口

雨だれのふたつはづみて海桐の実

大雨の過ぎて秋の香植物園

しんしんとけふを包みてむくげ散る

シーソーの膝つきあはす月の前

そのことは言はぬがよろし蛇穴へ

胸もとへすとんと消ゆる綿虫よ

藤村の筆あとふはり十二月

綿虫にやさしき風の高さかな

蟠るものあり納豆かきまはす

あるがままなるがままなり冬薔薇

みのむしの迷ひそのまま揺れてをり

野水仙怒りひとつを天へ投ぐ

波ふたつ引きてひとつの冬の波

ゆらゆらと海より晴れて石蕗の花

のぼりくる冷気埠頭の旅鞄

青空の匂ひゆらぐや雪ばんば

冬夕焼け馬場先門の一羽の鵜

さざんくわや道にチョークの顔ふたつ

額皺太きをとこや酉の市

便り書くあとの半日年用意

耳ひとつ顔よりはなる寒の朝

狐火を見しはうぶすな裏の山

あとがき

青山女子短期大学で加藤楸邨と出会い、二十代に石寒太と出会った。お二人との出会いは俳句とは関係のない出会いであったが、三十代半ばで句会(無門)に連れて行っていただいた。そこから始まった十七文字の世界に、いつも私はいたように思う。初めは楸邨先生への近況報告としての投句、先生が亡くなられても十七文字で考えることはやめられなかった。そして、いつの間にか三十年以上の時が重なっていた。

思いは言葉にすることで形になっていく。形になった思いは私から離れていく。形になった思い、ならなかった思い、いくつの思いが宙に投げ出されたことか、句集としてまとめるに際し、これまでの句を読み返してみると、その時々のことが鮮やかに浮かんでくる。あのころはなんと自由に動いていたことか。その時の景色、その時々を共有した人びと、家族をはじめ、いまをともにある人びと……。出会いのひとつひとつが奇跡のようなこと。そのことの不思議。

すべての出会いに感謝。ありがとうございました。ありがとうございます。

二〇二一年三月

三井つう

❖著者略歴

三井つう…みつい・つう…

一九四九年　東京に生まれる
一九六八年　楸邨先生にお会いする
一九八一年　初めての句会(無門)へ
現　在　炎環・暖響同人　現代俳句協会会員

〔現住所〕
〒一一五−〇〇五五
東京都北区赤羽西六−三五−一七パークホームズ赤羽西二一五

炎環叢書　9

句集　さくらにとけて

二〇二一年五月十七日　第一刷発行

著者……三井つう
編者……炎環編集部（丑山霞外）
造本……鈴木一誌＋吉見友希
発行者……菊池洋子
発行所……紅書房
東京都豊島区東池袋五－五二－四－三〇三
郵便番号＝一七〇－〇〇一三
電話＝（〇三）三九八三－三八四八
FAX＝（〇三）三九八三－五〇〇四
ホームページ……http://beni-shobo.com
印刷・製本……萩原印刷株式会社

紅書房

ISBN978-4-89381-345-9　C0092

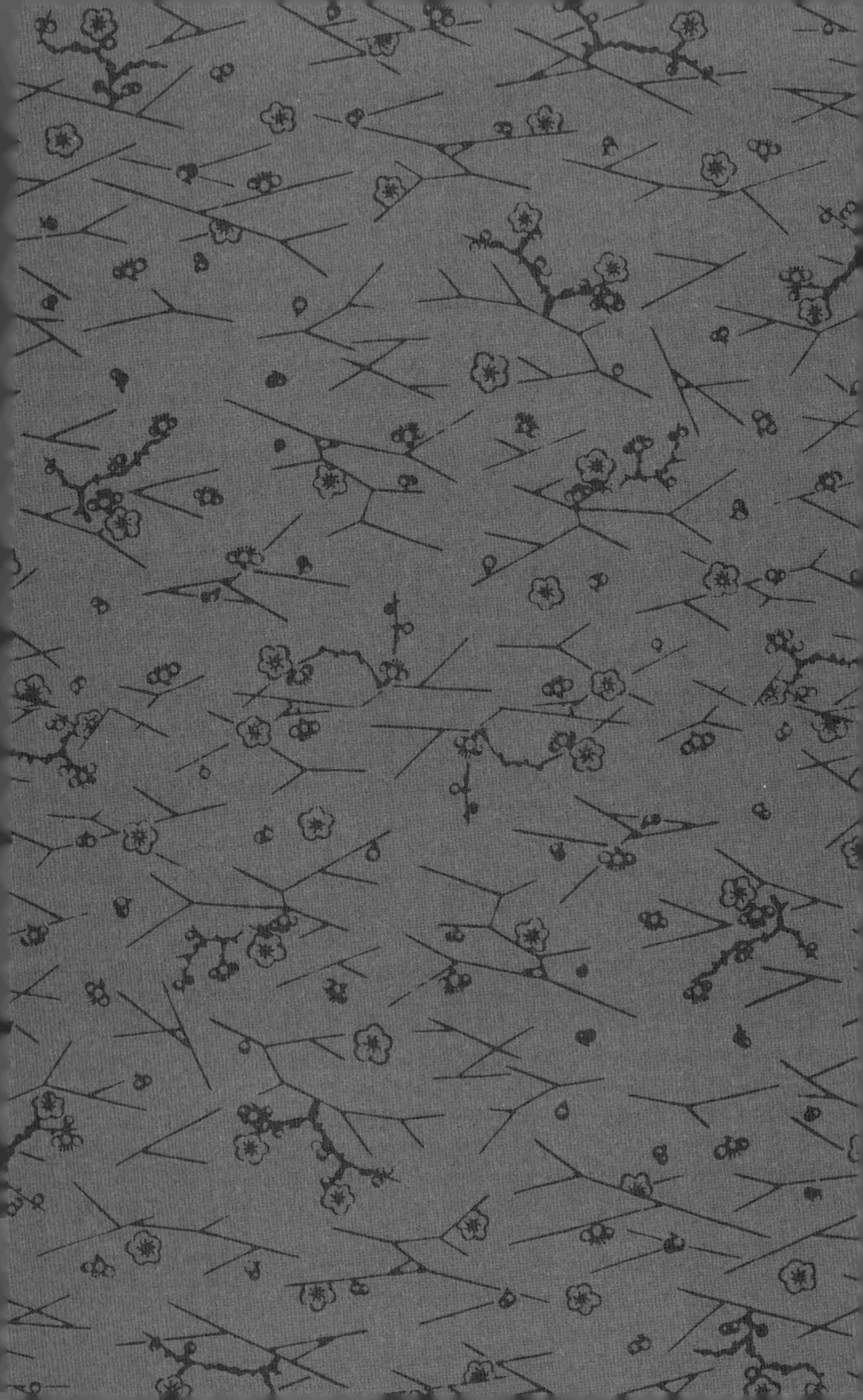